犬について、三篇

莫言《モー・イェン》

立松昇一 訳

1　犬への追悼文

人間と犬とのかかわりには長い歴史がある。人間が洞窟で火を囲み、寒さを防ぎ暖を取り、野獣を警戒しているとき、犬もやはり火の周りを囲んで吠えたて、人間を狙う野獣の仲間だっただろうか。人間が半坡《はんぱ》遺跡(1)に見られるような文明をもつまでに進化したとき、犬は馴らされて火の周りに座り、火の周りを取り囲んでいる野獣に向かって吠えたてる家畜——人間の敵から協力者——に変わった。よく考えれば、これは犬にとって進化なのか、それとも退化なのか。犬にとって喜ぶべきことなのか、悲しむべきことなのか。いずれにしても、おそらく森に虎や豹、熊、ライオンのような力の強い野獣がいなくなってから、堕落したか、文明的になったのだろう。——ともかく人間とともに森を離れ、次第に人間のいる廟堂の仲間に加わった。

昔から、犬に関する話はおびただしくあり、枚挙にいとまがない。主を救った犬、ご機嫌をとる犬、仇を討った犬、家の番をする犬、猟師を助けて野獣を追い払った犬、犬たちの兄弟——オオカミ——と戦う犬、それに野性を取り戻して森に帰った犬、繰り返し何世代もかけて純粋種を選んで交配され、犬ではなくなったような狆《ちん》、ペキニーズ、シャー・ペイ、パピヨン、シーズー、蜜蜂狗《ミーフォンコウ》、貴妃狗《クエイフェイコウ》……令嬢や奥様のペットになったこれらの犬は、一匹数十万元もするほど高価で、分厚い犬の辞典が編纂できるほど多くの名前がついている。これらの犬たちは、時には確かにかわいい。私が満ち足りているときには。私は決して犬を飼うことに反対しているわけではない。時には犬を褒めることさえある。主人として犬の歓心をかうために——この子ったら、本当にかわいいね！　と——。でも自分自身がこのようなペット犬を飼うように言われたら、それは絶対にできない。

聞いた話によると、これらの犬の食事は名コックによって調理され、世界的に有名な犬は専属の世話人がつき、乳母もつくという——乳母の基準は、大地主の劉文彩《リウ・ウェンツァイ》〔中国解放前の四川省成都郊外の農村の大地主〕が乳母を選ぶよりも厳格である。劉文彩の場合は若くて病気をせず、母乳がたくさん出ればそれでよいというものだ。これらの犬の乳母たちは、これらの条件のほかに眉目秀麗で上品さが要求される。——これは苟三槍《コウ・サンチャン》という友人が私に教えてくれたことだ。真偽のほどは定かではないが、これらの犬に仕えるのが難しいことだけは確かだ。私たちの上司の奥方はパピヨンを一匹飼っている。毎週三回、部下に外国製のシャンプーで体を洗わせ、そのあとドライヤーで乾かし、数十滴のフランス製の香水をふりかけるようにさせている。この犬の待遇は全く羨ましい。なんという幸せな生活であることか！　大都会である首都北京で外国製のシャンプーで毎週三回体を洗っている人は、北京の人口の半分もいないだろう。洗ったあとフランス製の香水を数十滴ふりかける人はもっと少ない。

こうしてみると中国の都市の犬の生活レベルは、中国人民の生活レベルをはるかに超えている。いつか庶民が都市の犬のような生活が送れるようになれば、そのとき中国は「中康」ではなくて、「小康」でもないだろうし、「大康」社会に入ったことになる。このような物言いはなんだかひねくれているように聞こえ、なにか皮肉っているみたいだが、実はそのような気持ちなど全くない。ありのままの事実を述べているだけだが、ありのままの物言いは耳に逆らうというにすぎない。〔中国では改革開放後の当面の国家目標を、ややゆとりのある社会、「小康社会」の実現に置く〕

人間にもいろいろな等級があるように、犬にもさまざまな等級の犬がいる。前に述べた高級なペット犬は、もちろん第一級である。その次が、おそらく警察や国境守備隊で訓練されている警察犬であろう。この犬は外見が勇ましく、一見して怖いが、実際はもっとすごい。私は以前、警察犬訓練指導員を取材したことがある。警察犬の血統はとても重んじられ、純粋種の名犬一匹の値段は、ぶっ倒れてしまうほど高いことがわかった。値段も高いし、訓練はさらに難しくて、国民党の空軍パイロットには黄金を積み、共産党の警察犬には人民元を積んで訓練には大層金がかかるということを、以前誰かが言っていた。警察犬が手柄をたてたり、犠牲になった後に盛大に追悼会が開かれる。これに類する話が、ロシア文学の作品によく出てくるが、中国にもこういったことがあるのだろうか。

以前私は『林海雪原』[2]を読み、李勇奇《リ・ヨンチー》の従弟、姜青山《チャン・チンサン》の「賽虎《サイフー》」〔トラにも負けないという意〕という猛犬が、銃を向けている二人の土匪をなんとも軽々と襲う場面を読んで、これは小説家の誇張だと思っていた。森での豊かな経験やスキーの高度な技術、優れた射撃法を持ち、男らしい行動をとる姜青山を際立たせるための誇張だと思っていた。現実の生活で一匹の犬が人間二人をどのように襲うことができるのだろうか。まして銃を向けている二人の土匪に対してである。後にまたアメリカの作家ジャック・ロンドンの『野生の叫び』を読んだが、バックという犬はもっと激しく、銃を持った大勢の人間を瞬時に嚙み殺すことができる。これはもっと信じられなかった。私は、地球上にこのような犬はいないと思っていた。バックはせいぜい神話の中の犬であり、楊戩《ヤン・チィエン》の哮天犬《シャオティエンチュワン》〔『封神演義』に登場する楊戩の袖から飛び出す黒い犬〕と同じだ。

しかし、今では私は作家たちの描写を信じている。犬は確かに人間よりも恐ろしい。どうして犬についての私の認識に変化が生じたのか。というのは一昨日、私は我が家の痩せて腹をすかせていた犬に、がぶりと何箇所か嚙まれたからである。綿入れズボン、毛織りのズボン下、パンツの上から、そしてまた、二枚のセーターの上から噛まれ、犬の鋭い牙によってなんと私の体の三箇所から出血し、一箇所は青黒くなった。もし夏だったら、私は犬の牙のもとでもうこの世とおさらばしたか、おさらばでなくても腸が出てしまいそうになったかと思う。犬は実に恐ろしい。犬が本当に発狂すれば、人間は防ぎようがない。これは私が生涯ではじめて犬に噛まれる被害に遭って、魂を揺さぶられるほど深い階級教育の授業を受けたように魂に触れたので、このような犬にかかわるとりとめのない文章を書いているのである。

私が犬に噛まれたことを聞きつけて、父が田舎の実家から急いでやってきた。私が「こんな痩せ犬がこんなにもすごいとは思わなかった」と言うと、父は言った。「この犬はそれほどでもない。抗日戦争の頃、駐留日本兵が飼っていた犬のすごさといったらなかった。すべて純粋種の大きなシェパードで、白い牙、緑の目、黒い耳をたて、赤い舌を出し、人肉を食べて全身脂ぎった体、まるで子牛のように大きく、ウォーンウォーンと鳴いて……どうして中国にあんなに多くの漢奸《ハンチィエン》〔売国奴〕や従順な人が出たかといえば、半分は日本兵にぶん殴られたことと、あと半分は大きなシェパードに脅されたからなんだ」。ああ、なんということ、なるほどそういうことだったのか。

農村の人も犬を飼う。文化大革命の間、食糧が不足し、農民は赤貧洗うが如しで、何も盗まれるものがなかった。肝心なのはやはり食糧が極めて少なかったので、犬を飼う者が極めて少なかったことだ。――文化大革命の間の「解放前の苦しかった時代を思い、今の幸せを思う」という階級教育では、犬を飼うことの少なさを、解放後の新社会が解放前の旧社会よりも優れているという指標にしていた〔犬を飼うことがブルジョア的と見なされた〕。この数年食糧は多くなり、家の財産も増えてきたので、犬を飼う人も多くなってきた。この数年農村では泥棒が増え、犬がいないと本当にやっていけない。今は農村にいる犬の数が、おそらく歴史上最も多い時期になっていると思う。犬を飼うのは鑑賞のためではなく、泥棒の侵入を防ぐためなのだ。

しかし、ほとんどが品種のよくない雑種犬で、度胸もなく知能も低いので、泥棒が来てもむやみにワンワンと数回吠えるだけだ。だから犬を飼っていても泥棒を防ぐことができない。まして今の泥棒はＩＱが高く犬学に精通しており、十数通りの犬への対処方法を研究している。最も有効なのは、よく煮込んだ大根を犬に投げてやる方法だという。犬が羊の肉入りの肉まんだと思い込んでパクリとくわえると、熱さで牙がぐらつき、吠えたり攻撃したりする能力が失われ、そこで泥棒は堂々と侵入できる。熱々の大根ではなく、犬の口を塞いでおける脂身の多い肉を投げてやっても、犬たちは見て見ぬふりをして泥棒たちの共謀者となってしまう。でも泥棒たちは普通は脂身の多い肉を投げないで、投げ与えるのは熱々の大根である。農村の犬は普通、腹いっぱいに食べられず、じっと我慢しているので、買収されやすいのは無理からぬことであり、都会の犬はちゃんとしたものを食べているから、フライドチキンが目の前にあっても見向きもせず、買収しようと思ってもなかなかそう簡単にはいかない。

五年前から私の妻と娘は県城〔市より下にある行政単位、県政府所在地のあるところ〕に住むようになった。安全のためと、家の中をにぎやかにするために、私は友人の家から生まれたばかりの子犬をもらってきた。子犬の母親は雑種のシェパードで、わずかにオオカミの姿が残っているだけで、決してオオカミと交配させたものではない。私がこの犬を抱いて帰ったときには、とてもかわいかった。全身ふさふさした毛、歩くときはよちよちしていた。額は高く、見た目は賢そうだった。娘はとても喜んで、意外にも粉ミルクを切り詰めて犬を飼うことにした。私が北京にもどった後、娘は私に手紙を寄越して、子犬は次第に大きくなり、だんだんかわいくなってきたと書いてきた。気性は荒く、嗜好は贅沢で、妻が飼っていたコーチンの雛鳥をたくさん食べてしまった。雛鳥たちの安全のために、やむなく首に鉄の鎖をつけた。それ以来、犬は自由を失った。

この犬は不運な犬で、もし私に引き取られず、幹部か農民企業家に引き取られたら、子牛のように大きくなることができたのに。しかし、不幸にも我が家に来て、はじめは何回か腹いっぱい食べていたが、しばらくすると、もう腹いっぱいは食べられなくなった。痩せてあばら骨が見え、身長も大きくならずにうずくまっている。私たちも、ねぐらをつくってやることもせず、一年中風雪に耐え、雨露にさらされ、塀の根方にうずくまっている。一日中大雨の降った日には、雨の中で狂ったようにぐるぐる回り、自分の尻尾を追っかけ、目を真っ赤にしていた。私は犬が狂ったのではないかと疑った。またしばらくして、ぐるぐる動き回らなくなり、吠えなくなると、丸く縮こまって全身水に濡れ、年老いた乞食のようにウーウーと言い、私たちを見ると、泣くような鳴き声をあげ、目に涙をためて、本当にかわいそうだった。しかし、確かに犬を部屋の中に入れるわけにはいかない。泥だらけで、ひどく臭く、蚤もいる。私と妻は雨の降る中で、犬に小さくて簡便な雨覆いを作ってやった。しかし、犬はなんとそこへ入って雨を避けることがわからないらしい。その夜、犬の呻き声で、私はおちおち寝ていられなかった。

犬の生命力は確かに強く、太陽が出ると、体の水を振るい落とし、すぐにまた元気に飛び跳ねるようになった。犬の責任感は恐ろしいほど強く、雨の中でじっと我慢しているが、通りで話し声がすると、すぐに自分の痛みを忘れ、鎖を引きずって飛び跳ね、盛んに吠えて、主人に知らせようとする。

犬は我が家で苦しい目にあっているので、私は後ろめたい気持ちでいっぱいだった。家を建て直したときに、特に犬のために小屋を作ってやった。それからは、雨風にうたれる生活とはお別れになった。犬はさらに職務に忠実に我が家を守り、通りを車が通ると飛び跳ねて吠え、通りを小学生が通ると飛び跳ねて吠える。隣の夫婦がけんかすると、犬も飛び跳ねて吠える。誰かが我が家の入り口の門環をたたけば、犬は九〇センチほど跳び上がる。もし誰かが我が家の入り口の門をあけて中庭に入ってくると、犬は首に鎖をつけていることも忘れて、狂ったように突進していき、宙に浮いた状態で鎖に引っ張られてもんどりうって倒れ、また起き上がって突進する。倒れては起き上がり倒れては起き上がり、客が家に入って行くとようやくそれをやめ、ゴォゴォと咳をし、泡を吹いて、鎖に締めつけられる。

我が家に来たことのある人は皆、この痩せ犬の凶暴さに驚嘆して、これまでこのようなヒステリックな犬を見たことがないと言い、この犬は幸いにも痩せているからいいが、もし肉を与えて太らせたら、想像することさえ恐ろしいと言う。ところが、父の言では「太った鷹はウサギを捕らないし、太った犬は家の番犬にはむかない」ということだ。我が家に来るすべての人は、塀の根方にぴったりと体をくっつけて、びくびくしながらこっそり逃げるように行き来する。私は毎回大声を張り上げて客を呼び、犬が鎖を断ち切るのではないかとひどく心配した。

犬はあいついで三本の鎖を断ち切っている。犬に断ち切られない鎖を探すために、私と妻は市場を何回か回って、ついに屑鉄を売っている場所で一本見つけた。それはクレーンの滑車に使用されていたもので、『紅灯記《ホントンチー》』(3)の中の李玉和《リ・ユーホー》が、刑場に赴くときにつけていた足かせのように太くて、長さは三メートルあまり、重さは五キロほどあった。私はまたとない宝物を見つけたように、お金をだしてそれを買おうとした。屑鉄を売っている店主は私が犬の鎖にするものを買いたいということを聞いて、むこうから訊ねてきた。「あれ、あれ、お客さん、家でどんな犬を飼っていなさるんですか」。私はもちろん、自分の家でどんな犬を飼っているかを彼に教える必要はなかった。家に帰ってから私は妻と一緒に、その太い鎖を犬にとりつけた。犬は頭を垂れ、慣れない様子だった。しかし、すぐに慣れて、重い鎖を引きずってすべて今までどおりに客に突撃し、鎖をコンクリートの上でジャラジャラ鳴らす。それはいささか勇敢で悲壮な気配を感じさせた。犬は首の毛を逆立て、真っ白な牙をむき出しにし、来客に対して深い恨みを抱き、臨戦態勢でいそうなようすだった。犬が自由の身になって誤って人を傷つけやしないかと心配し、私と妻は数日ごとに一度、犬にとりつけた鎖と首輪を確認しに行った。

三年前のことだが、犬がまだ完全に大きくなっていなかったとき、鎖を断ち切って、我が家に原稿を届けにきた県委員会宣伝部の若者を嚙み、怪我をさせてしまった。その若者が私と話しながら外に出ようとしたとき、突然星明りのもとで犬が飛び出してきて、稲妻よりも速く、一瞬のうちに若者のくるぶしをがぶりと嚙んだ。若者はいきなりドンと、高さ三メートルある平屋の屋根に飛び上がった。私の妻が犬に鎖をとりつけ、梯子を運んで行くと、若者は驚いた気持ちがまだ冷めやらぬうちに降りてきて、言った。「あれ、どうやって上に上がったんだろう」。それ以後、この若者が原稿を持ってきてくれるときには、いつも我が家の塀の外に立ち、原稿を投げ入れてよこし、大声で「入れません、莫先生！」と叫ぶ。

いま犬は大きくなり、痩せてはいるが戦う気力はとても強く、もし鎖を断ち切ったりしたら、結果は考えるだけでぞっとする。とりわけ私の娘はいつも、友達を家につれてきて宿題をしたり絵本を読んだりしている。その女の子たちは一人一人が家のいとしい宝物であり、万が一犬に噛まれたら、大きなトラブルになり、医療費の補償や謝罪だけならまだしも、人様の子供を噛んだりしたらどんなことをしても償いきれない。だから、私は遠く北京にいても気持ちはいつも落ち着かず、手紙を書いたり電話をしたりするときには毎回、「必ず犬の鎖をしっかりつけて置くように」と、何度も言い含めることを忘れないようにしている。

娘の話だと、犬はこれまでに何回も首輪をはずしたという。彼女と祖父は部屋に隠れて、母親が帰ってくるまで出ようとはしなかった。不思議なことだが、この犬はほとんど誰に対しても牙をむくが、私の妻にだけはこの上なく従順で、彼女を見ると尻尾を振って体をかがめ、とてもうやうやしくなり、まるで宦官が皇后にお会いするときのようになる。彼女が犬を叱り、叩き、蹴っても、牙をむかず、にらみつけず、媚びたようにすっかりおとなしくしている。彼女が戸口を開ける音を犬は識別でき、絶対に間違えない。私の父は、それは音を聞いているのではなくて、臭いを嗅いでいるのだと言う。私はある本で、犬の鼻は人間の鼻より嗅覚が十数万倍も利くと読んだことがある。私は毎年実家に数カ月しかいないが、犬はやはり私がわかる。私は、時には勇気を奮って犬に餌をあたえる。犬は私にも尻尾を振って感謝を示す。時には勢いよくとびかかってきて、私の足に抱きつくようにさえする。しかし、私の心はやはり怯えていて、決して犬に近づきすぎないようにしている。というのは、この犬は私と距離を保っているからだ。しかし、犬が私に嚙みつき、しかも情け容赦もなく嚙みつくなどとは、全く思ってもみなかった。

その日、私は電気メーターを検査に来た電気工を送って戸口を出ようとしたところ、犬が突然首輪をはずした。重い鎖がくねくねと地面に取り残された。娘が驚いて叫んだ。「パパ、犬が！」。犬は素早く飛び上がり、体が地面に着こうかというとき、鎖をつけた姿を見慣れていた私は、その瞬間、鎖をつけていない犬を目にして、我が家の犬ではなくて、別の野獣のような見慣れないものに感じた。スポーツ選手がサンドバッグをかついで訓練していて、一旦それをとりのぞくと、ひきしぼった矢が弓から離れるときのようになる。我が家の犬はずっと鎖をつけた生活をしていたが、一旦鎖がはずれると、その速度は弓を離れる矢よりも速かった。私は身を挺して電気工の前に立ってかばい、片手を挙げて、犬に向けて振り回し、大声で「おい！　やめろ」と叫んだ。犬はがぶりと私の左腿を嚙んだ。私は幸いにも綿入れのズボンをはき、さらにその下に毛織のズボン下をはいていたので、嚙まれてもそれほど深くはなかった。私は、犬ががぶりと嚙んでそれ以上はもう嚙まないだろうと思っていたが、あにはからんや、左の腿を嚙んだ口をゆるめると、犬は何とつづけてまた右腿を嚙み、体をおどらせて飛び上がり、私の腹をがぶりと嚙んだ。このとき私は初めて、犬の怖さを知った。このとき初めて宣伝部のあの若者が、どうして三メートルもある屋根の上に飛び上がることができたかがわかった。傷口が激しく痛み出し、私が手を振っていると、手が犬の口の中に入ってしまい、犬は勢いでまたがぶりと嚙んだ。幸い入り口のドアに近かったので、私は犬を振り切って、電気工と娘と一緒に部屋に駆け込み、ドアをしっかり閉めた。驚いて生きた心地がしなかった。服を脱いで見ると、三箇所から出血し、一箇所が青黒くなっている。腹部のほうがひどかった。セーターのほうが綿入れのズボンより薄かったからだ。もし、セーターを着ていなかったら、……もし電気工を嚙んでいたら、……と考えると、まったくもって不幸中の幸いだと私は思った。

このとき戸口は開いていて、万一犬が大通りに出て行って人を嚙んだらどうしようかと思った。この犬は、我が家の戸口からこれまで外に出たことはなかった。犬は隣家の犬の鳴き声を耳にしてはいるが、一度も出会ったことはなく、自分の同類だとわかっていただろうか。

妻がやっと仕事を終えて帰宅した。犬は盛んに飛び跳ねてじゃれ、彼女を迎え、とても従順にもう一度首に鎖をつけられるままにしていた。

午後、私は県の防疫センターへ行って狂犬病のワクチンを買い、診療所に行って注射を打った。医師の話だと続けて五回打つ必要があり、一カ月は禁酒、お茶も飲んではいけないということだった。

ただ一時の興奮のために、犬は飼い主を嚙んだ。この犬の最期はまぢかに迫っていた。私は妻に、この犬がほしい人がいるかどうか聞きに行ってもらった。妻は帰ってきて、皆自分の飼い主を嚙む犬などいらないということでした、と言った。しかし、彼女の工場の食いしん坊たちは、犬を殺して食べたがっていた。

私はすぐに弱気になった。この犬の、妻に対するこの上もない忠誠心を思い出し、治安の悪い状況のなかで妻や娘にもたらしてくれた安堵感を思い出した。娘は、学校で怖いニュースを聞いてくると夜もおちおち眠れなくて、妻に慰められていた。「大丈夫よ、犬がいてくれるから」。犬は私を嚙んだが、一時の迷いだったのだろうか。私はやはり犬を家においておくことにし、首輪をもう一つつけた。一つはずれても、もう一つある。しかし、犬を処理する二人がすでにやってきていた。私の妻はちょっと考えて、きっぱりと言った。「もう手放すわ」。

その黒の革ジャンを着た二人の中年男は、それぞれ麻縄を一本ずつ提げていた。中庭に入ると、犬は狂ったように二人に向かってスパートし、吠えたてる。私は、二人がその場で手を下すのかと心配したが、そうはしないと言った。二人は妻に、二本の縄を犬の首にかけるように言い、工場まで連れて行ってから殺すと言った。

娘はとてもつらい思いをした。テーブルの前に座り、ラジオをつけた。私はそのボリュームを大きくした。死ぬ間際の犬の声が、彼女を刺激するのを恐れたのだ。彼女はテーブルの前で、ラジオから聞こえる重々しい縦笛の音色のなかで、手で顔を覆って泣いていた。

不思議なのは、犬がなんと唸り声もたてず吠えもせず、二人の男たちの先頭に立った妻に引っ張られて戸口を出たことだ。これははじめての犬の外出であり、出て行って二度ともどることはなかった。

私もとてもつらく感じて、娘に言い聞かせた。あの人たちは犬をつれていって、食堂で飼うそうだよ。毎日魚や肉をたくさん食べられて幸せじゃないか。彼女は泣きやまなかった。私はいらいらして言った。「パパが大事なのか、それとも犬の方が大事なのか?」

彼女はベッドに横になり、掛け布団を頭まで被って、食事を摂らなかった。私がどなっても、彼女は言うことをきかなかった。

妻がそっと耳打ちした。犬は戸口を出るとき、前脚を折って、娘の方を眺めていたのよ。その眼差しは本当に耐えられなかったわ。

翌日、彼女が帰ってきて言った。二人は犬を引っ張っていったが、犬がどうしても行こうとはしなかったので、通りで殺してしまった。私は暴れたのかどうか訊いた。妻は言った。暴れなかったわ。少しも暴れなかったのよ。

私は娘に、もう一度おとなしくてきれいな犬をもらってきてあげると約束した。しかし、私はとても躊躇している。犬を飼うと、どうしても最期を見なければならない。飼い主を噛み、殺されるときなど、飼い主はつらい思いをしなければならない。これが人としての情だろう。

いまや、犬はもう田んぼの肥やしになり、それを作っていた物質は再び大自然に帰り、そのうえこれらの物質によって再び犬となる機会は、もう二度とはめぐってこないだろう。しかし、犬の短い一生は、私の家の歴史のひとコマとなってくれた。犬が私を噛んだことは、私の娘が親になって子供に話すエピソードになるかもしれない。おそらく。

2　犬への不当なあつかい

実際、犬だけが不当なあつかいをされているわけではない。およそ人間に飼い馴らされた動物は言いつくせない不当なあつかいをされている。その中でも、犬への不当な扱いが一番ひどい。たとえば、牛は鋤を引き田を耕し、草を食んで乳を出し、肉や皮、骨を提供し、糞便さえも田の肥やしや暖を取るのに使われる。何とも割りにあわないが、苦労を厭わず人からの非難にも堪え、無心に働く牛に対して人間は賛辞を贈り、牛の品格を美徳として、まじめにこつこつと、苦労に耐え黙々と働く人間を称賛する表現として牛を使う。

　私が初めて軍隊に入ったとき、部隊中で最も簡単に入党する人、最も幹部に抜擢される望みがある人、最も幹部リーダーに好かれる人は、文化レベルは高くないが、特に野菜を植えつけたりハンマーを振うことができたり、豚小屋をつくったり便所の掃除ができたりする「老黄牛《ラオホァンニィウ》」〔黙々と皆のために立ち働く人〕、「革命的老黄牛《コォミンダラオホァンニィウ》」あった。革命をしない「老黄牛」はいるのだろうか。まさかいないなんてことはないはずだ！　しかしもし、高校卒業で話ができ、書くこともでき、仕事をし始めて「老黄牛」よりも必死にやったとしても、それほどいい評価は得られないだろう。年末の総括のときに、「うぬぼれていい気になり、黙々と実行する精神に欠けている」というレッテルが貼られることになる。こういうことに関して、私は自分自身が経験し、深く身に染みて感じ、大いに不平不満を持っている。数十年来、われわれの部隊の中で、一体どれだけの「老黄牛」が士官に取り立てられたのか、誰も統計をとったことがないが、数はきっと多いだろう。「老黄牛」がいったん士官に取り立てられると、多くは「牛」性をすぐに失い、腐敗堕落していくのは、資本家よりも速い。彼らの行為は、「牛」として過ごしてきたそれまでの損失の穴埋めをしているかのようだ。

　数十年の間に、これらの「牛」たちのほとんどは除隊して農村に帰っているが、一部の人間はある程度高い地位に昇り、鵜呑みにした数百の漢字をもとに、部隊の「政治思想工作者」たちが口にする数十の空疎な決まり文句をもとに、自分の管轄する部門を治めている。これらの「牛」から変化したトラは口を開くと、「覚悟」だとか、「党性」だとか、「組織原則」、「行動規律」、「養成への配慮」と言うが、実際は自分でもこれらの言葉の本当の意味がわかっていなくて、鸚鵡返しにむやみに叫んでいるにすぎない。その実、彼の頭の中は、『官場現形記[4]』の中の、何とかして巡撫《じゅんぶ》〔民政や軍政を司る地方長官〕にうまく取り入ろうとする小役人のような思いでいっぱいで、彼は部下に対してはあごで使い、同僚に対しては表面で笑いながら陰で陥れようとする。上司に対しては？　それは一匹の生き生きした狆になることだ！――そうしていると、間違ったことが起こってくる！

　人々は人を褒める表現に牛を使うのを好むが、人を罵る表現には犬を使う。人類に対する犬の貢献度は、牛よりも小さいのだろうか。いや、少しも小さくない。ある動物学者によると、犬は人類に最も早く飼い馴らされた野獣であるという。これはつまり、犬が人間のために命がけで働いた歴史は、牛や馬などの家畜よりも長いということなのである。過去の長い歴史の中で、どれだけの犬がどんなことでどれほど人間に貢献したのだろうか。多くの犬がいる！　それらの数々を挙げてみよう。主人を助けて野獣を追っかけて捕まえた犬、主人が獲った、傷ついてはいるがまだ息のある鳥や獣を嚙み殺して主人の前にくわえていき、鳥の頭や獣の骨と交換してもらった犬、主人のために牛や羊の放牧をした犬、群れから離れた牛や羊を家畜たちの中に追いもどした犬、主人が飼っているガチョウやアヒルの小屋を守るために、盗みにきたオオカミやキツネと死闘をくりひろげた犬、狼の牙に倒れ、主人のために自らの貴重な命を捧げた忠実な犬、主人のために重傷を負い、皮膚がめくれ骨が折れ、血にまみれて痛みで目が血走り、ウーウーと呻くが、主人が治療する薬を持たないので、舌を出してしきりに自分の傷口を舐め、犬の足は折れてもまだつながっているし、犬の舌には朝鮮人参のような薬効があるといわれ、犬の唾液は炎症を治すことができるので、自然に治るからと放っておかれる犬。危機的状況の中で危険を知らせて人の命を救った犬、人間のお供をして新大陸を開拓した犬、雪橇を引いて厳寒の北極や南極を走り、夜は雪の中で眠り、毎日の餌は魚一尾のみの犬、敏感な鼻で主人のために殺人事件を解決した犬、鋭い牙・鋭い爪と、機敏で強い全身で犯罪を防ぎ、悪を懲らしめ、正義を推し進めた犬、主人のために忠実に家の番をし、主人の生命財産を守り、弱い者の心を安心させ、孤児や寡婦の気持ちを勇気づけた犬、かわいくて、おかしくて、一風変わった自分の顔と体形で、若い女の子や孤独な老人、地元の顔役や大商人、高官や要人たちの寂しさや空虚な心を慰める犬、自らの豊かな毛皮で放浪する男の体を温め、かれらと一緒に長い夜を過ごした犬、自らの死体を差し出して、不法の輩や善良な庶民の腹を満たした犬、犬肉の分子が人の細胞に変わった犬、風雪を凌ぐための華麗な毛皮の帽子の材料を提供した犬、ベッドに敷かれた皮の敷布団の材料になった犬、骨を煮込んで膠《にかわ》にされるか、不法商人によってトラの骨として売られ、酒に浸けられた犬、……ああ、犬！　人間への貢献度は少しも牛にひけをとらないし、馬にもひけをとらない。

　しかし、賛美の言葉は犬にはほとんどやって来ない。人々が人を罵るとき、口を開くと「狗《コウ》！」（犬野郎）、「走狗《ゾウコウ》！」（手先）、「哈巴狗《ハーパコウ》！」（チンコロ）、「狗東西《コウトンシ》！」（こん畜生）、「狗崽子《コウザイズ》！」（チンコロ）、「狗娘養的《コウニャンヤンダ》！」（犬のおふくろから生まれてきたやつ、人でなし）、「狗日的《コウリーダ》！」（人でなし）……などと言う。猫の人間に対する貢献度は犬にはるかに及ばず、猫が主人の気に入るように振舞う腕前はほとんど犬と差がないが、人を罵るとき、誰が「猫養的《マオヤンダ》」（猫の生んだやつ、人でなし）というだろうか。――このような不公平な現象はいつ、どのようにして形成されたのだろうか。誰か私に教えられる人、教えてあげようという人がいたら教えてほしい。

　犬の思い――人間はなんとも恐ろしい犬野郎だ。人間にはなんとも仕えにくいものだ。こちらが凶暴だと、人間は私たちをこっぴどくたたき、こちらがやさしくしていると、人間は私たちが役立たずだといって、やはりこっぴどくたたく。人間は毎日、まともな人間になることの難しさを嘆息するが、人間はまともな犬になることがもっと難しいことがわかっているのかどうか。神が万物をお造りになった当初、犬と人間は全身毛で覆われ、一本の尻尾をひきずっていた。どんな理由で人間が私たちを治めねばならず、私たちが人間を治めてはならないのか。私たちが暴れないのは私たちは人間には敵わないからだ。人間は弓矢や猟銃、多くの名前をもつ武器を発明し、私たちはせいぜい俯いて従っているしかない。私たちの中の徹底して覚醒している者は、人間が思っている「気がふれた犬」なのだ。しかし本当はそれらの犬は正常であり、私たち犬仲間の太古からの栄光を取り戻すために惜しまずに人間を嚙み、そのあとで身を殺して仁をなしているのだ。それが私たち犬の中の烈士である。犬たちが人間を見ると嚙みつくわけは、犬たちはすでに、人類は私たちの敵と認識しているからだ。人間が一匹の「気がふれた犬」を打ち殺すごとに、私たち犬の心の中に高くて大きな石碑が建立される。人間よ、自惚《うぬぼ》れるにはまだ早すぎる。もちろん、私たちは否定しない。犬の中には確かにモラルを乱すろくでなしがいる。たとえばその中の一つが、造物の原則に違反して、公然と女主人と情交を結んだことだ。この例は山東省淄川《ズーチュワン》出身の蒲松齢が著した『聊斎志異』(5)の中に見られる。しかし、結局はやはり女主人のほうから誘惑したのである。……外で何か、もの音がする。泥棒が主人の家の戸口をこじあけているのか、ハリネズミが主人の畑のマクワウリをかじっているのか。ワンワンワンワン、私は妄想にふけっているが、決して犬としての本分を忘れているわけではない。ワンワンワン、ワンワンワンワンワンワンワン……。

犬の気持ちを深く理解しようとしなかったら、私は犬に、このような深い苦しみ、このようなつらい思いがあろうなどとは夢にも思わなかった。犬たちは何でもわかっているが、簡単には心の内を明かさない。犬たちは何でも知っているが、中にしまいこんで愚かな振りをしている。たて続けに鳴くワンワンという声の中には、数多くの複雑な犬の思いが含まれていて、それほど単純に主人のために危険を知らせているわけではない。

話をもとに戻そう。魯迅の洞察はやはり鋭く、筋が通っている。彼は人を「宿なしの、資本家の貧弱な走狗」と罵り、そのうえ「水に落ちた犬は激しく打て」という旗を高く掲げた。しかし、彼はこうも言っている。犬は傷を受けたあと、声をたてず、雑木林の中に身を隠して、自分の傷口を舐める、と。動物のなかで、おそらく犬以外に自分を舐めて傷を治す動物はいないだろう。こうして見ると、彼は犬に対して一律に論じてはいない。犬の二面性や二種類の犬を、区別して考えている。前者に対しては憎み、後者は見習うようにしている。だから、人が「狗《コウ》」と呼んだとき、はじめの段階ではおそらく褒めたりけなしたりする意味はなかった。のちにこのような呼び方に変化が生じて、人を罵るときの専用の言葉となったのだと思う。

しかし、私たちは教官から、いわゆる純粋というのは相対的なものだと教わった。金に純金はなく、人に完璧な人間はおらず、犬にも完全な犬はいない。人が「狗《コウ》」というとき、一般的な状況では悪意であるが、両親が自分の子供を「小狗《シャオコウ》」や「狗児《コウアル》」とよぶときは、悪意がないだけではなく、溺愛している表現でもある。妻が夫を「狗狗《コウコウ》」とよぶことがある——張賢亮《チャン・シィエンリャン》の『緑化樹』[6]の中で、馬纓花《マ・インホア》が章永璘《チャン・ヨンリン》を「狗狗」と呼ぶ場面があるが——これは歯が浮くような馴れ馴れしい呼び方でもあり、情が深くて愛しさをこめた表現でもある。このような状況は、一般に母性の強い女性に現れるし、確かに頑健な男子に最も必要なのは、おそらくまさにこのような母親と恋人を演じられる女性であろう。私はある映画監督のために漢楚の争いの脚本を書いたとき、力は山を抜き、気は世をおおうほどの項羽のなかに、このようなコンプレックスがあるのを見出した。彼が虞美人となかなか離れられなかったわけは、彼が大きい子供であって、虞美人は母親と恋人を兼ねた女性だった可能性がおおいにあると思う。

すべてがなにも変わることなく、犬はやはり犬であり、人はやはり人であり、犬はやはり人にこき使われ、犬は悪い人間の代名詞として使用される。文章は長い間の習慣を変えられず、ましてこのような「狗屁《コウピー》」〔とるに足らぬ、めちゃくちゃなという意〕の文章ではなおさらだ。

私はあなたを抱いてつれてきて、育てたが、あなたは私の三箇所を噛んだので、私は人に頼んであなたを処分してもらった。あなたは過ちを犯したが、それよりも我が家に大きな功績を残してくれた。私はこの二篇の文章で、あなたの途方に暮れた二つの目を覆うとしよう。犬よ、安らかに眠っておくれ！

3　犬についての興趣を添える話

今年〔一九九三年〕の干支は酉《とり》なのに、よりによって私は犬にばかりかかずらって、数篇の犬についての文章を書き、まるで戌年《いぬどし》を寿《ことほ》いでいるようだ。幸い時は矢のように過ぎ、瞬く間に近くから戌年がこちらに向かって吠え立てるようになった。酉年の初めに、私は自分の家の犬に嚙まれ、狂犬病のワクチンを打ってからもう百日がたった。体に残った赤紫の痣が、雨の日と曇りの日にかゆくなる以外は特に何も感じない。狂犬病の毒素には潜伏期間があり、百日たって異常がなければ、発病する可能性はほとんどないというから、もう大丈夫のようだ。もし狂犬病で死ねば、変わった死に方として、友人たちにいささかなりとも話題を提供できる。

私を嚙んだシェパードが処分されてから、私は父に、娘のために子犬を一匹探してほしいと頼んだ。父は一番年下の孫娘の要求に、いままでどおり頼まれればすぐに応じて、真剣にやってくれた。父が号令をかけると、親戚や友人はすぐに手分けして探してくれて、さっそく何軒かが決まった。それらの家では、雌犬が身ごもり、少しして子犬を生んだら、私たちに選ばせてくれるという。私の一番上の姉は、子犬をほしがっている私の娘のために、わざわざ彼女の家と関係の良くない家まで訪ねて行った――その家の犬は、かつて私の一番上の姉の娘に嚙みついている――その家の女主人は、私の娘が子犬をほしがっていることを聞いて、ためらうことなくきっぱりと、大丈夫、子犬が生まれたら、必ず一番いいのを残しておくよと承知してくれた。

そうしているとき、娘は自分でどこからか子犬をつれてきた。灰色で毛がふさふさしていてとてもかわいい。娘はオスだと言うが、私はそれが蹲《うずくま》っておしっこをするのを見つけた。私の印象では、オスは三本の足で立ち、一本の足をあげておしっこをする。娘はオスと言い張るので、まあオスでもいいとしよう。彼女が好むのなら、メスをオスと言おうがかまわない。

この子犬が我が家に来てから、家の雰囲気がにわかに活気づいてきた。娘は犬をつれて中庭で動き回り、笑い声が絶えない。毎日登校する際、彼女は子犬とお別れの「お手」をし、学校が終わって帰ってくると、まず初めに子犬と「お手」のあいさつを交わす。これを見ていると私は本当に嬉しく思う。私は幼いころさんざん辛酸を舐めたが、当時はとくに苦しいとは思わなかった。思い出してみても、その辛さは遠い記憶の彼方にあるが、私は娘が苦しい目にあうことが気がかりだ。彼女が楽しければわたしは嬉しいのだ。この世界が将来どのようになっていくか、誰にもはっきりしたことは言えない。娘の世代は、私たちの世代のように苦しい目にあうことがあるのだろうか。将来のことは制御できないし、眼の前のことがいくらか制御できるだけだ。犬が子供たちに楽しみを与えくれれば、犬は万万歳だ。ここまで書いてきて、都会の犬に対する私の不満ももうほとんどなくなっている。シャンプーを使って入浴させせようが、香水をふりかけようが、要は金があるからであり、それは犬にとっての幸せであり、私にはなんら関係がないことだ。

数日前ある会合で、中国東北部出身の作家に出会った。彼は一年あまりロシアで仕事をしていて、おおいに視野が広がったと言う。彼はロシアでのおもしろい話をたくさんしてくれた。その中にロシアの犬の話があった。ロシアの犬の品種は多く、どう見ても羊にしか見えない犬がいる。北京とモスクワを行き来する犬の闇ブローカーが大勢いる。彼らは大もうけしているが、それだけではなく犬に精通し、犬のことなら何でもよく知っている。彼はモスクワにいたとき、「ボクサー」という犬を飼っていた。この犬の姿は、人間に似た顔にボクサーによって正面から一発食らわされたようで、どんなものか想像してみるといい。ロシアの犬ブローカーの女たちは、腕が非凡であるばかりでなく、犬への愛着が強い、と彼は言った。ロシアの女の胸は大きいから、胸の谷間に子犬を何匹か入れておける。子犬たちは毛織の帽子を被り、人間の子供のように乳を飲む。もちろんロシアの女の乳を飲むのではない。ロシアの女たちは腰のところに哺乳瓶を挿しておき、体温を利用して哺乳瓶のミルクを温めておく。モスクワ—北京国際列車では、ロシアの犬ブローカーの女たちが腰から哺乳瓶を取り出し、胸の谷間から顔を出している、毛織の帽子を被った赤ん坊のような子犬の口に挿し入れると、子犬たちは愉快にミルクを吸う。このような生き生きした情景はまるで眼前に見えるようで、私の気持ちをこの上なく暖かくしてくれる。世界はかくも美しく、ロシアの女はまことにかわいい。私は『静かなるドン』の中のアクシーニア(7)を思い出した。——胸の谷間に犬を入れておける女がいなければ、アクシーニアも生まれなかっただろうし、アクシーニアの末裔でなければ、胸の谷間に犬を入れることもできなかっただろう！

訳註

（1）西安市郊外で発見された六千年ほど前の仰韶文化期の農耕集落遺跡で、家畜の飼育を行っていた痕跡が見られる。

（2）一九五六年に発表された曲波の長編小説で、一九四六年の冬、解放戦争の初期に中国東北地区の遊撃隊が、厳寒の雪原と樹海の中で国民党系の匪賊を掃討する様子を描いた。遊撃隊の参謀長少剣波、偵察隊長の楊子栄、隊員の李勇奇、猟師姜青山などが活躍する。中でも楊子栄と威虎山に陣取る座山彫の戦いは「智取威虎山」として現代革命京劇や映画にもなっている。

（3）現代革命京劇の一つ。抗日戦争の時期、中国の東北地方を舞台に、地下党工作者李玉和は遊撃隊から暗号を送る特別な任務を受けるが、裏切りに遭い、日本軍に殺されてしまう。父の遺志を継いだ娘の李鉄梅（血の繋がりはない）は暗号を送り、遊撃隊は日本軍を壊滅させる。原作の映画のシナリオから京劇に改編された。

（4）清末に李宝嘉によって著された、さまざまな役人の腐敗や不正などの生態を暴露した小説。

（5）清初の怪異短篇小説集。幽霊話、異類と人間の交わり、奇跡などさまざまな怪異が登場する。

（6）一九八四年に発表された中篇小説。一九六一年の中国における未曾有の自然災害の時期を背景に、労働改造を終えて、農場で働くことになった主人公章永璘が、農村の女性馬纓花との触れ合いを通して、男として、知識人としての尊厳を回復していく過程を描く。

（7）ミハイル・ショーロホフの小説『静かなるドン』の主人公、グリゴーリー・メレホフという中農コサック青年の隣家に住む若い人妻で、主人公と駆け落ちする。

著者

莫言（モー・イェン）

1955年、山東省生まれ。解放軍芸術学院文学科卒業、北京師範大学魯迅文学院修了。81年デビュー。故郷を背景に、性欲、物欲、残酷性など人間の醜い内面を時には残酷に、時には敍情的に描く。86年発表の『赤い高粱』が張芸謀監督によって映画化され、同年のベルリン映画祭で黄金熊賞を受賞。主な作品に『酒国』『豊乳肥臀』『白檀の刑』『四十一炮』『転生夢現』など。主要作品はフランス、ドイツ、日本、韓国など各国で翻訳され、国内の文学賞のほか、台湾の聯合報文学賞、フランス文化芸術勲章シュバリエ賞、イタリア・ノニーノ国際文学賞、福岡アジア文化賞大賞などを受賞。

訳者

立松昇一（たてまつ しょういち）

1948年生まれ、東京都立大学大学院中退、大学在学中に郁達夫の存在を知り、中国現代文学に興味を持つ。現在は『中国現代文学』（ひつじ書房）の同人として莫言や蘇童などの小説の翻訳や紹介を行なっている。拓殖大学教授。論文に「郁達夫文学の一側面」、「張資平への言説をめぐって」、翻訳に「疫病神」「月光斬」（共に莫言）、「泥棒」（蘇童）などがある。

作品名　犬について、三篇

著　者　莫言©

訳　者　立松昇一©

*『イリーナの帽子—中国現代文学選集一』収録作品

『イリーナの帽子—中国現代文学選集一』

2010年11月25日発行

編集：東アジア文学フォーラム日本委員会

発行：株式会社トランスビュー　東京都中央区日本橋浜町2-10-1

TEL. 03(3664)7334　http://www.transview.co.jp